FRAZIER-SOYE, Grav.-Imp., Paris

CATALOGUE

DES

MINIATURES PERSANES

ET DES

ESTAMPES JAPONAISES

composant la collection

d'un

AMATEUR PARISIEN

Dont la vente aura lieu

à Paris, HOTEL DROUOT, Salle N° 8

Le Mardi 21 Décembre 1909

à 2 heures précises

Par le Ministère de M⁏ ANDRÉ DESVOUGES

COMMISSAIRE-PRISEUR

26, Rue de la Grange-Batelière

Assisté de M. LOYS DELTEIL, Artiste-Graveur, Expert

2, Rue des Beaux-Arts

EXPOSITION PARTICULIÈRE

2, rue des Beaux-Arts, du Mardi 14 au Samedi 18 Décembre

EXPOSITION PUBLIQUE

HOTEL DROUOT, SALLE N° 8, le Lundi 20 Décembre

de 2 heures à 6 heures

CONDITIONS DE LA VENTE

Elle sera faite au comptant.

Les adjudicataires paieront *dix pour cent* en sus des enchères.

M. Loys Delteil remplira les commissions que voudront bien lui confier les amateurs ne pouvant y assister.

MM. les amateurs pourront visiter la collection, 2, *rue des Beaux-Arts*, du Mardi 14 au Samedi 18 Décembre 1909, de 2 heures à 5 heures.

EXPOSITION PUBLIQUE, Hôtel Drouot, Salle Nᵒ 8, le Lundi 20 Décembre 1909, de 2 heures à 6 heures.

DÉSIGNATION

MINIATURES PERSANES

FIN DU XVe SIÈCLE

1. Shah en promenade.
2. Scène dans la montagne.
3. Derviches.
4. Travaux dans la montagne.

XVIe SIÈCLE

5. PAGE TIRÉE D'UN SHAH NAMEH : Shah sur son lit de repos, entouré de courtisanes.
6. — — Scène de bataille.
7. — — Décollation de prisonnier.
8. — — Guerriers triomphants.
9. — — Combat singulier entre le Shah Roustan et un chef Tartare.

38. PAGE TIRÉE D'UN SHAH NAMEH : Shah recevant des courtisans.

39.   —   Combat contre le Dragon.

40.   —   Légende.

N° 3 du Catalogue.

41. PAGE TIRÉE D'UN SHAH NAMEH : Shah blessé mourant.

42.   —   Le Shah Roustan tuant le démon
                    dans son antre.

43.   —   Shah blessé mourant.

44. Shah assistant à des jeux d'enfants ; emmargement d'or,
avec arabesques et animaux ; au dos, arabesques et animaux dessinés à l'or.

45. Bataille : emmargement d'or, arabesques et animaux ; dos,
arabesques et animaux dessinés à l'or.

46. Scène d'histoire naturelle : emmargement d'or, arabesques
et animaux ; dos, arabesques et animaux dessinés à l'or.

47. Bataille : emmargement d'or, arabesques et animaux : dos,
arabesques et animaux dessinés à l'or.

48. Shah assistant au combat de deux animaux enchaînés.

49. Scène de chasse.

50. La Mort du dragon.

51. La Légende du feu.

52 Scène d'amour : dos orné d'arabesques.

53. La Colation dans le jardin : dos enluminé, fond bleu.

54. Shah assistant à l'édification d'un temple.

55. Scène de musique.

56. Colation.

57. Prestidigitateurs.

58. Piscine.

59. Sujet libre.

60. La Colation.

61. Chasse au chevreuil.

62. Divertissement.

63. Une Légende.

64. Personnages et Cavaliers.

65. Scène religieuse.

66. Scène de chasse.

67. Portrait et page de garde : au dos double page de garde,
fond bleu.

68. Légende à double scène.

69. DIPTYQUE : Bataille.

70. Diptyque : Scène d'amour.   Rencontre de deux cavaliers.
71.   Réunion de derviches.   Réunion de chasseurs.
72.   Scènes d'histoire naturelle et de la vie des champs.

Nᵒˢ 91 du Catalogue.

73.   Scènes de chasse.
74.   Scènes de chasse.
75.   Jeux en plein air.
76. Bataille.

77. Intérieur.

78. Le Jeu de polo.

79. Intérieur.

80. Intérieur.

81. Festin dans un jardin.

82. Scène d'amour.

83. Feuilles de garde enluminées d'arabesques et d'or.

84. Feuilles rehaussées d'or, animaux et arabesques : au dos, feuille de garde, arabesques et or.

85. Pages de garde enluminées, fond bleu, arabesques et or.

86. Pages de garde enluminées, fond bleu, arabesques et or.

87. Pages de garde —

88. Pages de garde — —

89. Diptyque de feuilles agrémentées d'arabesques et d'animaux dessinés à l'or : dos semblable.

90. Diptyque de feuilles agrémentées d'arabesques or : dos semblable.

91. Grisaille : Nativité du Christ.

92. Grisaille. Derviches.

N° 5 du Catalogue.

Nº 42 du Catalogue.

N° 25 du Catalogue.

N° 29 du Catalogue.

N° 11 du Catalogue.

MINIATURES INDO-PERSANES

93. Ouvriers maçons et charpentiers construisant un édifice.
94. Prince recevant des présents : emmargement d'or : dos semblable.
95. La Fauconnière.
96. La Colation.
97. Portrait d'un Prince Hindou.
98. Portrait d'un Prince Hindou.
99. Prince recevant des présents (XVIIe siècle).
100. Scène de chasse indoue.
101. Grisaille : Fakir.

ESTAMPES JAPONAISES

KWAÏGETSUDO

102. Femme en promenade drapée dans une robe à grand décor. Fort rare.

MORONOBOU

103. Fagottiers.

OKOUMORA MASSANOBOU

104. Femme jouant avec un chat. Format nagayé.

NICHIMOURA SHIGHENAGA

105. Femme en promenade, tenant un éventail fermé.
105 *bis*. Trois paysages.

N° 102 du Catalogue.

KORIUSAÏ

106. Baigneuses occupées à des soins de toilette. Format nagayé.

KIYONAGA

107. La Promenade.

KITAO MASSAYOSHI

108. Oiseau sur un arbre à fleur rouge (en largeur).

109. Oiseau sur un arbre à fleur rouge (en hauteur).

110. Deux Perdrix.

111. Caille.

112. Faisans.

113. Mésanges.

114. Pinson.

TORII KIYOMINÉ

115. Femme se coiffant. Très belle épreuve d'artiste *au trait rouge*.

116. Femme en promenade se retournant.

117. Femme tenant un éventail.

118. Femme en buste se peignant les Lèvres.

119. Femme en buste tenant une lanterne fermée.

OUTAMARO

120. Fillette se cachant derrière sa mère pour jouer avec un chat.

N° 104 du Catalogue.

121. Groupe de trois Femmes.
122. Deux Femmes et un Enfant tenant un sabre.
123. Femme tenant une poupée.
124. Deux Femmes jouant avec un enfant.
125. Femme en pied, assise.

YESHO

126. Portrait de Femme. Fond micassé.

HOKUSAI

127. Le Reflet du Fudji dans un lac.
128. Le Pont suspendu.
129. Le Pont tournant couvert de neige.
130. Le Montreur de singe.

KEI SAÏ YESEN

131. Promenade sous la neige.

HOKKEI et ECOLE

132. L'Averse.
133. Scène d'acteurs et d'actrices. Sourimono en forme de frise.
134. Personnages sur la terrasse. Sourimono en forme de frise.
135. Promenade en barque. Sourimono en forme de frise.
136. Femme coupant des arbustes.
137. Paysage.
138. Paysage : soleil couchant.
139. Femme avec deux enfants.

HIROSCHIGHÉ

140. Papillons et Fleurs.
141. Effet de neige : homme sur un radeau.

N° 143 du Catalogue.

142. Faucon sur une branche.

143. Effet de neige : pont suspendu.

144. Temple sous la pluie.

145. Vue du lac Biva.

146. Pont courbe sous la neige.

147. Promeneurs sous la pluie.

148. Le Versant de la montagne couvert de neige.

ANONYMES

149. Enfants jouant avec des poissons rouges.

150. La Tisseuse.

151. Laveuses.

152. Les Singes.

153. Les Sorciers.

154. Légende.

155. Les Paons. En forme de frise.

156. Personnage passant un gué. Très petite pièce.

157. Paysage. Très petite pièce.

158. Paysages de neige. Deux pièces.

IMPRIMERIE

FRAZIER-SOYE

153-155-157, Rue Montmartre

PARIS